AF602799

BIBLIOTHEQUE DRAMATIQUE

Théâtre moderne.

SAPHO,

DRAME EN 1 ACTE, EN VERS,

PAR

M. PHILOXÈNE BOYER.

Prix : 60 centimes.

MICHEL LÉVY FRÈRES, LIBRAIRES-ÉDITEURS

RUE VIVIENNE, 2 BIS.

PARIS—1850

PIÈCES DE THÉATRE

PARUES DANS LA BIBLIOTHÈQUE DRAMATIQUE, FORMAT IN-18 ANGLAIS.

Le Gant et l'Éventail. » 60
La Baronne de Blignac. » 60
L'Inventeur de la Poudre. » 60
Château des Sept-Tours. 5 »
Sport et Turf. 2
Le Docteur Noir. » 60
Charlotte. » 60
Clarisse Harlowe. » 60
Madame de Tencin. 5 »
Don Gusman. » 60
Le Bonhomme Richard. » 60
Gentil-Bernard. » 60
Échec et Mat. 1 »
Un Mari qui se dérange. » 60
Closerie des Genêts. » 60
Une Chambre à deux lits. » 60
Les Demoiselles de Noce. » 60
Le Nœud Gordien. » 60
Pierre Février. » 60
Gibby la Cornemuse. 1 »
Le Lait d'Anesse. » 60
La poudre Coton. » 60
Diable ou Femme. » 60
Un Mari fidèle. » 60
Robert Bruce, opéra. 1 »
Marie ou l'Inondation. » 60
Mystères du Carnaval. » 60
Mademoiselle Navarre. » 60
Trois Rois, Trois Dames. » 60
Un Coup de Lansquenet. » 60
Irène ou le Magnétisme. » 60
En Province. » 60
Le Filleul de t. le monde. » 60
Le Fantôme. » 60
La Reine Margot. 1 »
Une fièvre brûlante. » 60
Bertram le Matelot. » 60
Alceste. 1 «
L'Enfant de l'Amour. » 60
Notre fille est Princesse. » 60
La Reine Argot. » 60
Palma. » 60
Un Docteur en Herbe. » 60
La loge de l'Opéra. » 60
Ce que Femme veut. » 60
Léonard le Perruquier. » 60
Le bouquet de l'Infante. 1 «
Un Coup de Vent. » 60
Père et Portier. » 60
Le Chiffonnier de Paris. 1 »
La Vicomtesse Lolotte. » 60
Le Trottin de la Modiste. » 60
Les Nuits blanches. » 60
Les Étouffeurs de Londres. » 60
La Bouquetière. 1 »
Les Notables de l'endroit. » 60
Robert Bruce, drame. » 60
Pour arriver. » 60
Intrigue et amour. 1 »
Un Mousquetaire gris. 1 »
Le jeune Père. » 60
L'École des Familles. 1 «
Le Chirurgien-Major. » 60
Charlotte Corday. » 60
Le Chev. de Maison Rouge. 1 »
Les Deux Foscari, opéra. 1 »
Les Chiffonniers. » 60
Léa ou la Sœur du Soldat. » 60
Le Fils du Diable. 1 »
Le Bonheur sous la main. » 60
Rose et Marguerite. » 60
Simon le voleur. » 60

Isabelle de Castille. » 60
Le Réveil du Lion. » 60
Le Chevalier d'Essonne. » 60
Les premiers beaux jours. » 60
Regardez, mais ne touchez pas. » 60
Martin et Bamboche. 1 »
L'Ordonnance du Médecin. 60
Le Coin du Feu. » 60
Cléopâtre. 1 »
Jacques le Fataliste. » 60
Gastibelza. 1 »
Une jeune Vieillesse. » 60
Les premiers Pas. » 60
Jérôme le maçon. » 60
Jérusalem. 1 »
En Bonne Fortune. » 60
Le Trésor du pauvre. » 60
La dernière conquête. » 60
Un Château de Cartes. » 60
Hamlet. 1 »
Un Banc d'Huîtres. » 60
Les Geais. » 60
Les Tribulations d'un grand homme. » 60
Journal d'une Grisette. » 60
La Marinette. » 60
Les Mém. de Grammont. » 60
Lavater. » 60
Hortense de Blengie. » 60
Les Mousquetaires de la Reine. 1 »
Marquis de Lauzun. » 60
Léonie. » 60
Les Extrêmes se touchent. » 60
Amour et Bergerie. » 60
Le Fruit défendu. » 60
Le Petit-Fils. » 60
Griseldis ou les Cinq sens. 1 »
La Clef dans le dos. » 60
Notre-Dame-des-Anges. » 60
Le Collier du Roi. » 60
Gille Ravisseur. » 60
Un jeune homme pressé. » 60
Le pouvoir d'une femme. » 60
Le 24 février, à propos. » 60
Vestris. » 60
La Foi, l'Espérance et la Charité. 1 »
Un voyage sentimental. 1 »
Md. de jouets d'enfants. » 60
Une Poule. » 60
Horace et Caroline. 1 »
Maréchal Ney. 1 »
Eric, ou le Fantôme. » 60
Guillaume le débardeur. » 60
Le Démon familier. » 60
Un et un font un. » 60
Les frais de la guerre. 2 »
La niaise de Saint-Flour. 1 »
Marceau. 3 »
Un Déménagement. » 60
Les prem. Coquetteries. » 60
Les Portraits. » 60
La Marâtre. 1 »
Le Morne au Diable. 1 »
Le premier Coup de canif. 60
Le vrai Club des femmes. 1 »
Jeanne Mathieu. » 60
Taverne du Diable. » 60
Comtesse de Sennecey. 2 »
Camp de Saint-[illegible] » 60

Les Mystères de Londres. 1 »
Le chemin de Traverse. » 60
Le Lion empaillé. 1 »
Les Parades de nos Pères. » 60
Le Livre noir. 1 »
L'affaire Chaumontel. » 60
Catilina. 1 »
Les Fonds secrets. » 60
Les Sept Péchés Capitaux 1 »
Les Deux font la paire. » 60
Un coup de pinceau. » 60
Macbeth. 1 »
Envies de Mad. Godard. 3
Vieillesse de Richelieu. 1 »
Le Cuisinier politique. » 60
Ile de Tohu-Bohu. 3 »
Un vilain Monsieur. » 60
Le czar Cornélius. » 60
Fualdès. 1
Le Roi de Cœur. » 60
Les 12 Travaux d'Hercule. 60
L'Argent. » 60
Les Lampions de la veille. 1 »
Rage d'Amour. » 60
Comment les Femmes se vengent. » 60
Les Marrons d'Inde. 2 »
Tout chemin mène à Rome. 60
Montagne et Gironde. 1 »
Le Caïd. 1 »
Bon gré Mal gré. » 60
La petite Cousine. » 60
Pardon de Bretagne. 1
Foire aux idées. » 60
Orphelins du pont Notre-Dame. 1 »
Le 24 Février, drame. » 60
La Popularité. » 60
La pension alimentaire. » 60
Le berger de Souvigny. » 60
La Tasse cassée. » 60
Le Pasteur. » 60
Mauvais Cœur. 1 »
Une Dent sous Louis XV. » 60
L'Amitié des Femmes. 1 »
Rachel ou la belle Juive. » 60
Habit, Veste et Culotte. » 60
L'Habit vert. » 60
Vautrin et Frise-Poulet. » 60
La Mort de Strafford. » 60
La Danse des Écus. 1
2e No de la Foire aux Idées. 60
Louis XVI et Marie Antoinette. 1 »
La Paix à tout prix. » 60
La Cornemuse du diable. » 60
Comte de Sainte-Hélène. » 60
Curé de Pomponne. » 60
Gardée à vue. » 60
Les Monténégrins. 1 »
Le bouquet de Violettes. » 60
Le Guérillas. » 60
Les Prétendants. » 60
Jobin et Nanette. » 60
Un Drame de Famille. » 60
André Chénier. 1 »
Elzéar Chalamel. » 60
Les trois étages. » 60
Les Puritains d'Écosse. 1 »
La Grosse Caisse. » 60
Un Duel chez Ninon. » 60
Le Toréador. 1

SAPHO

DRAME EN UN ACTE, EN VERS

PAR

M. PHILOXÈNE BOYER,

REPRÉSENTÉ, POUR LA PREMIÈRE FOIS, A PARIS, SUR LE SECOND THÉATRE-FRANÇAIS, LE 13 NOVEMBRE 1850.

DISTRIBUTION DE LA PIÈCE.

ANACRÉON...........................	M. BOUCHET.
PHAON................................	M. MARTEL.
SAPHO................................	Mme LAURENT.
ERINNA..............................	Mlle THÉRIC.
MYRTIS..............................	Mlle JOUASSIN.
IANTHÉ..............................	Mlle LANGLOIS.

JEUNES LESBIENNES.

L'action se passe à Mytilène, dans l'île de Lesbos, vers l'an 590 avant J.-C.

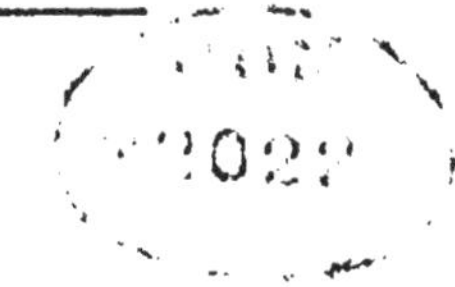

A Théodore de Banville,

Qui a suivi, en mon absence, les répétitions de SAPHO.

Mon ami,

J'aurais voulu te dire en vers pourquoi cette pièce t'appartient, comme toute mon affection et tout mon dévouement. Mais en me permettant d'imprimer ton prologue en tête de ma *Sapho*, tu m'as interdit les vers ; laisse-moi donc te remercier en simple prose. Je t'assure que tu as bien employé ton imagination en la mettant au service de cette humble amitié. Sans doute, pendant les heures que tu passais à l'Odéon, tu aurais pu mêler une fois de plus ta voix à celle des poëtes que nous aimons. Mais n'y a-t-il pas aussi de la gloire à donner aux écrivains et aux penseurs ce rare exemple de désintéressement et de fraternité qui ramène à toutes les nobles illusions, à toutes les consolations certaines ?

A toi de tout l'esprit et de tout le cœur.

Ph. Boyer

20 novembre 1850.

PROLOGUE.*

LA FANTAISIE... Mlle Siona Lévy.

Strophes.

Mesdames et Messieurs, pardonnez-moi si j'ose,
Pauvre Muse troublée, affronter vos regards ;
Je suis la Fantaisie aux doigts couleur de rose,
La Muse des vingt ans, chercheuse de hasards.

Je tremble devant vous, ô foule! hôtes illustres,
O lèvres de penseurs, ô corsages fleuris!
Moi qui vois resplendir, sous l'éclat de ces lustres,
Toutes les Majestés dont rayonne Paris ;

Tout ce qui brille encor dans la moderne Athènes,
Toutes les mains de lys et tous les bras charmants,
Les grands fronts éblouis et les beautés hautaines
Dont les yeux font pâlir l'éclair des diamants.

Je tremble, moi qui sais dans un jardin féerique,
Mêlant aux doux ruisseaux la chanson de mes vers,
Tresser en souriant la guirlande lyrique
Et danser au soleil parmi les gazons verts.

Je sais épanouir les odes amoureuses,
Charmant avec mes sœurs les bois extasiés,
Et j'accorde ma voix, sous les forêts ombreuses,
Avec les rossignols cachés dans les rosiers.

Mais je tremble d'oser sur la scène divine
Où le maître Racine a fait parler les dieux,

* Ces vers devaient être lus le jour de la première représentation. Toutes sortes d'obstacles matériels ont empêché cette consécration de mon début. Mais je n'en dois pas moins les rétablir ici avec le nom de l'éloquente et courageuse actrice qui consentait à déclamer à l'improviste les strophes que le poëte avait écrites en une demi-heure d'improvisation.

Vous montrer après lui cette double colline
Que Phœbus remplissait de chants mélodieux.

J'ai voulu, pauvre enfant, en mes jeunes délires,
Vous faire voir, parmi des rayons irisés,
La sereine Lesbos où dans la voix des lyres
Se confondaient le bruit des chants et des baisers.

Mais je tremble à présent, moi compagne du pâtre,
En voyant mon idylle et mon rêve enchanteur
Fouler d'un pied craintif ce carton du théâtre
Que peut seul animer le génie, et j'ai peur.

Ah ! soyez-moi cléments, rois élus de ces fêtes,
Qui souriez déjà rien qu'en me regardant,
O fronts que le laurier couronne, ô vous, poëtes,
Qui marchez d'un pied sûr dans le buisson ardent.

Et vous, reines du monde, ô femmes adorées,
Déesses de Paris, ô fiertés et douceurs,
Beaux yeux, boucles de jais, chevelures dorées,
Accueillez-moi, je tremble, ô mes divines sœurs !

Rien qu'en posant au bord des fontaines limpides,
O sœurs de Galatée, ô sœurs d'Amaryllis,
Vos pieds, vos petits pieds sur les rochers arides,
Vous y faites fleurir des roses et des lys.

O vous, troupe charmante avec amour chantée,
Si vous voulez, orgueil de mes vers ciselés,
L'outremer brillera sur ma toile enchantée,
Et ma pauvre Lesbos vivra si vous voulez.

Si vous voulez, mes sœurs, votre fière jeunesse
Fera vivre un moment dans un rêve fleuri
Ma jeunesse impuissante, et j'aurai trop d'ivresse
Si vous avez pleuré, si vous avez souri !

THÉODORE DE BANVILLE.

Le théâtre représente une éclaircie dans un bois de myrtes sur le bord de la mer. A gauche du spectateur, au second plan, un sentier praticable; au troisième plan, de grands rochers nus. — A droite du spectateur, au second plan, élevé sur une éminence ombragée par des myrtes et entourée d'une balustrade, un autel consacré à Vénus. A l'éminence est censé aboutir de plain-pied un chemin caché dans la coulisse, et l'on y monte, en face du spectateur, par des degrés de marbre. — Au fond, entre la mer et le tertre de Vénus, un chemin qu'on ne voit pas conduit dans l'épaisseur du bois de myrtes. — Soleil couchant, ciel d'orage.

SCENE I.

ANACRÉON, ERINNA, MYRTIS, IANTHÉ, JEUNES LESBIENNES.

(*Au lever du rideau, Anacréon, tenant en main une coupe d'or, est assis sur un banc de gazon adossé à la balustrade qui entoure l'autel. Autour de lui, Erinna, Myrtis et les Jeunes Lesbiennes sont groupées, tenant dans leurs mains les unes des cithares, les autres des guirlandes. Ianthé, penchée sur l'épaule d'Anacréon, lui sert d'échanson. Après les vers de Myrtis, récités au son des luths, Erinna se détache du groupe des jeunes filles, et vient dire son ode sur le devant de la scène, en s'accompagnant elle-même sur sa lyre.*)

MYRTIS.

Strophe.

Que le vin ruisselle, et que l'œil rayonne,
Chantons pour Eros et pour Lyœus :
Aux mains la guirlande, au front la couronne,
Chantons, et qu'un chœur brillant environne
Nos bosquets de myrte où sourit Vénus !

ERINNA.

Strophes.

Etoile de la terre, ô vague luciole,
Ce soir, brille sur l'herbe où toujours je te vois,
Pour que j'aille, aux clartés de ta blanche auréole,
Guider mon bien-aimé, qui s'attarde aux grands bois.

Il se plaît à venir, vers l'heure où la nuit tombe,
Sous sa flûte d'ivoire éveiller les échos,
Et son hymne s'épand, comme un chant de colombe,
Dans les vents parfumés qui passent sur Lesbos.

C'est un enfant plus beau que moi, qu'on dit si belle !
Ganimède envira ses cheveux brunissants,

S'il veut, mon jeune amant, quand sa bouche étincelle,
Se mêler au conseil des dieux adolescents.

Courez; faune, adoucis ton sarcasme moqueur;
Et vous, sous les glaïeuls égarez-vous, naïades,
Le calme est dans l'éther, l'amour est dans mon cœur!
Sous la feuillée épaisse, agiles oréades,

Pays des pampres verts et des molles tendresses,
Lesbos, où chaque myrte abrite un nid dormant,
Où sur les cous divins flottent les brunes tresses,
Où l'éclair rit aux yeux et la grappe au sarment,

Je te bénis, Lesbos, île deux fois heureuse,
Mer où sur chaque flot blanchit un alcyon,
Forêt, vaste forêt, qui, sous ta voûte ombreuse,
Pour toute chasseresse as un Endymion!

ERINNA, *à Anacréon.*

O mon maître, à ton tour! dis-nous l'ode amoureuse,
Douce comme aux buveurs la liqueur savoureuse,
Celle que tu disais aux filles de Téos,
Quand sous les bois sacrés tu fuyais Hélios,
Celle qui s'éveillait sous ton plectrum facile,
Lorsque tu reposais à l'ombre de Bathylle.

ANACRÉON, *se levant.*

Mes vers de l'autre mois, cher poëte à l'œil noir,
Mes vers de l'autre mois, Pluton les peut savoir,
Mais non moi; car, vois-tu, j'interdis ma pensée
A tous les souvenirs d'existence passée;
Et Bathylle, et Téos, et l'oiseau familier,
Et la cigale aussi, je veux tout oublier,
Quand vous venez ainsi, consolantes sirènes,
Mêler votre concert aux discours des fontaines,
Pendant que ces rochers murmurent un écho
De l'élégie amère où se complaît Sapho!
Danse, brune Erinna; danse, et conduis ces groupes,
Que les pleurs de la vigne empourprent l'or des coupes:
Je ferai trêve alors aux soucis attristants,
Et tu m'auras rendu l'orgueil de mes vingt ans.
Mais ne demande plus que mes rhythmes moroses
Détonnent dans l'accord des oiseaux et des roses,
Et troublent le poëme harmonieux et fier

Que tu diras demain, que tu disais hier
Avec tes blanches dents et ta gorge arrondie,
Toi, chanson toujours jeune et toujours applaudie!

ÉRINNA.

Oh! réponds-moi plutôt, conteur mélodieux,
Que tu gardes ton luth, ton luth chéri des dieux,
Pour Sapho toute seule, et que je suis indigne
De fournir un prélude à tes accents, ô cygne!
Je te comprends... son front, par-dessus tous nos fronts,
Brille comme la lune entre les astres blonds:
Mais je viens après elle, et Phœbus m'a douée
Des trésors complaisants de la muse enjouée.
Je me plairai comme elle aux chants d'Anacréon.

ANACRÉON.

Oui, si dans tous ses vers tu retrouvais Phaon!

ÉRINNA.

Phaon!... Tais-toi, vieillard méchant!

ANACRÉON.

Pourquoi te plaindre?
Pour un mot innocent, suis-je donc tant à craindre?
Ai-je fait si grand mal, dis-moi, ma pauvre enfant,
De confesser tout haut ton amour triomphant?
Il t'aime...

ÉRINNA.

Lui, dieux bons! lui m'aimer!

ANACRÉON.

Tu l'avoues!
Un frisson de bonheur a frémi sur tes joues!
Tu demandais des vers, capricieuse... eh bien!
Ton poëme s'approche et vaut mieux que le mien!
Tiens, le voici, regarde, ô ma blanche amoureuse!

SCÈNE II.

PHAON, ERINNA, ANACRÉON, MYRTIS, IANTHÉ,
JEUNES LESBIENNES.

PHAON.

Salut, bonne Erinna.

ERINNA.

Salut. (*A part.*) Je suis heureuse,
Vénus! il m'a souri!... Venez, ô chères sœurs,
Et de la mer plus calme aspirons les douceurs.
Venez toutes bercer en strophes mélangées
Le cantique infini des amours partagées,

Et que notre soupir, en mourant sur les flots,
Rapporte un peu de paix au cœur des matelots.
(Erinna, Myrtis, Ianthé et les Jeunes Lesbiennes sortent au fond par le chemin de la mer.)

SCÈNE III.

PHAON, ANACRÉON.

PHAON. *(Il suit Erinna des yeux, puis, se croyant seul, et comme égaré dans ses rêves, il s'écrie :)*
Et pourtant j'aurais pu l'aimer cette ingénue,
Ce beau printemps vermeil qui réjouit la vue!
Enigme à pénétrer, dont le mot est bonheur,
Moisson, chaste moisson qui veut le moissonneur!
Pour vivre, il m'eût suffi de ces chaudes lumières
Qui tremblent sous les cils de ses longues paupières,
Quand aux jours consacrés, la foule en la voyant
Passer, le front penché sur son col ondoyant,
Avec sa lèvre rose et ses blancheurs d'opale,
Florissante aux côtés de Sapho maigre et pâle,
Admire et croit couver d'un regard enchanté
Une des Grâces, près de Vénus Astarté!
Et j'aurais pu l'aimer! Dans quelque solitude
Elle eût en ses beaux bras bercé ma lassitude,
Et parmi les propos de son cher entretien,
M'eût rendu la fraîcheur de mon désir ancien.
Mais non! — J'ai voulu suivre une route inconnue,
Et plus fou qu'Ixion amoureux de la nue,
Après avoir fermé mes deux bras au plaisir,
Je poursuis un bonheur impossible à saisir!

ANACRÉON.
Qu'est-ce donc le bonheur? pauvre tête obstinée?

PHAON.
Tu m'écoutais?

ANACRÉON, *se levant.*
Ainsi, tu plains ta destinée!
Ah! jeune homme ignorant qui ne sait pas encor
Ce que vaut la jeunesse! Ami, quand ton trésor
De tes doigts amaigris tombera pièce à pièce,
Quand sur tes pas plus lents l'implacable vieillesse
Marchera, je pourrai permettre à tes hivers
L'air funèbre d'Héré, la matrone aux yeux verts!
Mais tant qu'un sang limpide inondera tes veines,
Tant que, sur ton chemin, malgré tes plaintes vaines,

Partout tu trouveras les rires argentins
Et les longs rendez-vous sous les toits clandestins,
Tant qu'à sentir ta main, ta jument sous la brise
Hennira de plaisir, tant que la vierge éprise
Au jeune Cupidon portera son flambeau
Pour le remercier de t'avoir fait si beau;
Espère, si mauvais que soit le sort, espère :
Après les jours maudits sourit un jour prospère;
L'ombre était noire : mais dans l'azur éclairé,
Une étoile s'allume et tout est réparé!

PHAON.

Tu l'as voulu, vieillard : eh bien ! soit, tu vas lire
Des secrets que jamais n'a soupçonnés ta lyre,
Et tu perdras peut-être à mon fatal récit
Ton calme!...

ANACRÉON.

N'est-ce pas quelque orgueilleux dépit?
Prends garde : l'âme est prompte et la voix est légère;
Ne laisse pas flétrir sous ma main étrangère
Le meilleur de ta vie, et si vraiment ton cœur
Souffre, pour tes amis conserve ta douleur.
Phaon, pour toi je suis un inconnu...

PHAON.

Qu'importe?
Pour la porter tout seul, mon angoisse est trop forte.

ANACRÉON, *assis à droite.*

Parle, mon fils, et puisse Apollon souverain
M'inspirer un conseil propice à ton chagrin.

PHAON, *debout.*

Que suis-je devenu!... Jadis quand l'œnophore
Dans la coupe d'argent vidait la vaste amphore,
Mon ivresse était franche, et l'immortelle Hébé
Aimait mon front si fier, et maintenant courbé.
Que de fois, insultant les doctrines austères,
Iacchus, astre heureux des nocturnes mystères,
Par les vallons fleuris et les bois non frayés
J'ai promené le chœur de tes initiés!
Que de fois, vers midi, quand la grêle cigale
Prolonge sous le hêtre une note inégale,
Quand la grive est aux ceps, oh! que de fois j'ai bu
Dans un regard d'amour un breuvage inconnu!...
Bientôt, cependant, las de voir par le sourire

Tout sentiment faussé, je me pris à maudire :
Je partis... Mon exil a duré trois ans pleins.
Par tous les océans et par tous les chemins,
D'Abydos à Milet, de Lampsaque à Corinthe,
Partout où du bonheur j'ai cru trouver l'empreinte,
Partout où la beauté gouverne, j'ai suivi
Les rêves impuissants d'un cœur inassouvi;
Partout, de chaque forme, indiscrète ou voilée,
Exigeant une joie encor non révélée,
Et récoltant partout, voyageur tourmenté,
Les fruits qui constellaient ta treille, ô Volupté!
Je revins. J'abordai sur ma frêle carène
(Ils se lèvent tous deux.)
Le soir ; la cantharide aux verts rameaux du frêne
S'endormait ivre-morte, et dans l'air plein d'ardeurs
Les zéphirs égaraient d'ineffables odeurs.
Or, j'arrivai la nuit où le printemps ramène
Le triomphe joyeux de l'Anadyomène :
Le peuple était au temple; et, jusqu'au jour éclos,
Y devait encenser l'auguste enfant des flots.
Un groupe entrait, j'entrai. Sur les parois divines,
Partout flambait la cire et partout les résines.
Pourtant, près de l'autel, oh! je l'y vois encor!
Une femme, debout sur un escabeau d'or,
Sur son luth dont Hermès eût envié le moule,
Improvisait des vers que répétait la foule.
Spectacle radieux! ses cheveux désunis
Flottaient sous leurs réseaux de safran et d'anis:
Ses yeux dont son front vaste ombrageait les prunelles
Dardaient un reflet fauve, et l'on rêvait des ailes
A ses pieds si petits sous les tissus brodés,
Par un ongle au ton rose à peine débordés!
Elle se tut... Mais quoi! la passion soudaine
M'avait déjà surpris et brûlé veine à veine.
Je restai pâle et morne, aspirant lentement
Le philtre empoisonneur de cet enchantement.
Un univers s'ouvrait pour moi dans cette femme:
J'avais aimé des corps et j'adorais une âme!

SCENE IV.

ANACRÉON, PHAON, SAPHO.

(Depuis quelques instants, une femme est apparue à l'extrémité du chemin caché qui conduit à l'éminence où est élevé

l'autel de Vénus. Elle reproduit par son visage et par son costume le type indiqué par Phaon. C'est Sapho. Son pas est lent et comme affaibli par une souffrance ou par une extase. Ses yeux fixes, impuissants à comtempler ce qui l'entoure, semblent tournés vers quelque but invisible. Dans sa main gauche est sa lyre. Sa main droite pend inerte le long de sa robe. Pendant les derniers vers de Phaon, elle se dirige comme contrainte vers l'autel; puis ses doigts se crispent et cherchent les cordes sonores. A ce moment, Anacréon l'aperçoit et interrompt son interlocuteur.)

ANACRÉON.

Regarde, ton tableau s'anime, et sur l'autel
L'idéal évoqué nous apparaît réel !
Toute parole ici serait vaine ; regarde !
Phœbus tient sa prêtresse, et sa lyre hasarde
Un accord triste, un son perdu languissamment,
Signal avant-coureur de son enfantement.

SAPHO.

Strophes.

Egal aux dieux, il les surpasse encore
Celui qui peut, durant des jours entiers,
Voir le souris dont ta bouche se dore,
Assis à tes pieds !

Ah! quand de loin m'arrive ton haleine,
Mon cœur bondit sous mon sein révolté :
Je perds soudain, dans ma gorge trop pleine,
Mon souffle arrêté !

Un feu subtil sous ma chair haletante
Court, mon regard s'enveloppe de nuit,
Et mon oreille absorbe palpitante
L'écho d'un vain bruit !

Hélas! j'ai froid et la sueur m'inonde ;
Mes bras tremblants commencent à verdir!
Serait-ce un terme à ma peine profonde?
Vais-je enfin mourir?

Non ! les dieux sourds à ma plainte obstinée,
N'accordent pas cette grâce à mon nom,
Et je vivrai, moi pourtant condamnée
Par toi, cher Phaon!

(A ce moment, la voix de Sapho s'éteint comme en un sanglot. Elle tombe presque sur les degrés de l'autel, à peine appuyée sur sa lyre. Anacréon la suit d'un œil plein d'enthousiasme et de pitié. Phaon,

sitôt que son nom a été prononcé, fait un geste qui doit peindre à la fois l'étonnement et la colère satisfaite, et d'une voix sourde où perce une vive émotion contenue, il prononce les vers suivants en contemplant toujours Sapho.)

PHAON.

Moi ! Moi ! c'est moi qu'elle aime ! oh! secrète pensée,
Toi qui me détournais de l'œuvre commencée,
Tu mentais donc ! Merci, Parques, reines d'enfer !
Elle est prise à son tour dans le réseau de fer !
A son tour, la voilà qui chancelle, engourdie
Par l'horrible langueur de l'âpre maladie !
Merci pour ces sanglots et pour cette rougeur,
Vengeresse Erynnis, qui me sacres vengeur !

(*Pendant les deux vers de Phaon, Sapho s'est redressée par un mouvement qui tient du délire, et c'est avec un vertige de voix et de corps, qu'elle récite les strophes qui complètent son chant commencé.*)

SAPHO.

Strophes.

Reste, ami, reste encor : le groupe des Pléiades
Luit au ciel, et la nuit est à peine au milieu :
Reste encore, et permets à mes esprits malades
Ce rayon caressant qui sort de ton œil bleu !

Tu vas bientôt quitter mon seuil, ô ma lumière !
Mais avant, cher aimé, sur ton front je prendrai
Un fil d'or, un cheveu pour coudre ma paupière,
Et ne plus voir personne après l'être adoré !

Ainsi, lorsque Cérès aux bras du roi de Crète
Oubliait dans l'amour ses augustes travaux,
Tout un été, Jason enchaîna sa conquête
Et le monde languit, frustré d'épis nouveaux !

Mais tu me fuis, tu pars sans boire cette larme
Qui filtre entre mes cils ! Où t'es-tu dérobé ?
Dis, quelle est ta maîtresse, et quel est donc son charme ?
Mes pieds sont plus petits que ceux de Niobé!

C'est Gyrinno peut-être, ingrat, pour qui tu laisses
Mes yeux, mes pauvres yeux du flot amer emplis,
Elle qui des deux mots ignore les souplesses
Et qui marche si mal sous sa robe aux longs plis !

Va ! mais puisse l'enfer ranger parmi les ombres

Cette noble rivale avant qu'il soit huit jours,
Et le soleil mourir sous les nuages sombres
Plutôt que d'éclairer tes indignes amours!
(Elle marche hors de scène à droite.)

SCENE V.

PHAON, ANACRÉON.

(Sapho une fois sortie, il se fait un long silence; puis Anacréon touche du doigt l'épaule de Phaon abîmé dans son rêve.)

ANACRÉON.

Ainsi, la femme à qui tu consacrais un culte,
C'était Sapho!

PHAON.

Vieillard, les sens ont leur tumulte :
Mais, l'orage apaisé, le dégoût survit seul
Aux caprices menteurs dont l'âme est le linceul,
Et souvent ce désir dont l'âpreté nous dompte,
Une fois mieux connu nous condamne à la honte!

ANACRÉON.

Est-ce honte, à ton gré, la colombe de mai
Roucoulant la tendresse à son ramier charmé?
Est-ce honte, en avril, les indicibles courses
Du sylvain amoureux auprès des grandes sources?
Est-ce honte, l'aveu du jeune Éros penché
Sur la pourpre où s'endort le printemps de Psyché,
Et le corps où s'unit la déité confuse
D'Euphrosine la Grâce et d'Erato la Muse?
Est-ce honte, la tête où Phœbus fait briller
Sur les boucles de jais son mystique laurier?

PHAON.

Est-ce gloire, à ton gré, ce luxueux prestige
Du trépied sur l'autel, du sceptre et du quadrige,
Faste vain, misérable appareil d'histrion,
Qu'on prend pour du génie et de la passion!
Ce n'était pas ainsi, jadis, ô vieil Homère,
Quand près des clairs ruisseaux épiant ta chimère,
Aveugle, mendiant, tu contais sur l'Ida
Tous les fléaux issus du double œuf de Léda!
Sur ton front dépouillé, pas de molle hyacinthe,
Sur tes épaules, pas de laine deux fois teinte,
Mais ta lyre était chaste, et le passant ému
Rentrait meilleur chez lui s'il t'avait entendu.
Opprobre sur ta race, Homère! S'il nous reste

Un poëte aujourd'hui, c'est sous la voûte agreste
Où, près de ses chevreaux, le berger calme et doux
Souffle aux roseaux chanteurs de sa flûte aux sept trous.
Les autres cependant, insipides rhapsodes,
Se font un lucre énorme à découper tes odes,
Ou, faciles prôneurs des vulgaires plaisirs,
Vont, loin de leur pays, promener leurs loisirs
Sur le seuil éhonté de quelque courtisane!

ANACRÉON.

Que Némésis t'épargne, adolescent profane,
Qui jettes à la fois tes dédains insolents
Sur la femme qui t'aime et sur mes cheveux blancs!

PHAON.

Némésis me soutient, moi qui ferai son œuvre,
Moi qui sous mes dix doigts broierai cette couleuvre
Dont je sens la morsure encor! C'est un fardeau
Bien lourd pour un bras jeune et pour un cœur nouveau,
La haine! Pour haïr, j'ai mes raisons, écoute :
Je vais tout t'expliquer, tu me plaindras sans doute.
Dans cette nuit du temple, à son premier aspect,
Pris de terreur, d'amour, de pitié, de respect,
Devant tant de grandeur et de mélancolie,
J'avais créé mon type et choisi ma folie,
Et dit que je voudrais, pour la voir seulement
Ainsi deux fois, mourir dans le délaissement,
Rester sans sépulture, et, même, ombre maudite,
Errer pendant mille ans sur les bords du Cocyte!
Eh bien! le lendemain, vraiment tu me plaindras,
Je savais... je savais ce qu'était ma Pallas!
O Jupiter sauveur, pourquoi, père du monde,
Quand sur toutes les mers mon erreur vagabonde
M'entraînait, oh! pourquoi n'avoir pas protégé
Par un trépas hâtif mon cœur découragé,
Puisque l'illusion, dès la première aurore,
Comme un sommeil léger nous quitte et s'évapore?
On me dit tout, son nom, son père Mnésiscos,
Ses frères, deux bandits, Larique et Charascos,
Et leur combat sanglant pour une Egyptienne.
Puis on me la montra, ma fière Lesbienne,
Auprès de son mari, le marchand Cercolas,
Comme une Hélène auprès d'un autre Ménélas,

Héritant au surplus quand périt le bonhomme,
Et perdant les profits d'un commerce économe
A préparer dans l'ombre et pendant près d'un an,
Un complot pour frapper Pittacus le tyran !
Honte ! j'aurais plutôt choisi les infamies
De tes filles, Milet, mère des Pandémies !
Mais sous cette noblesse et cette majesté,
Cet abîme infini de monstruosité,
Cette femme adultère et lâche, cette femme
Virile seulement par les vices de l'âme,
Cette mère sans cœur qui, le jour où le corps
De son enfant reçut l'honneur qu'on doit aux morts,
N'eut pas même une larme, et donna pour excuse
Que les pleurs allaient mal dans les yeux d'une muse,
Cette androgyne étrange, enfin, je la maudis
Pour mes rêves perdus et mes vœux interdits !
Elle m'aime, tant mieux ! Toute mon espérance
Se redresse vivace et réclame vengeance !
Tant mieux ! Pour son supplice, oh ! je retrouverai
Ma force disparue, et je la châtierai !

ANACRÉON.

Pauvre Sapho ! Les dieux qu'un fol orgueil irrite,
Ingrat, l'ont avant toi châtiée et maudite,
Et ne trouveront pas pour ce cœur consumé
Un plus grand châtiment que de t'avoir aimé !

(Phaon fait un geste de fureur ; mais au lieu de répondre à Anacréon, il oublie tout à coup sa colère pour retomber dans un morne abattement.)

SCENE VI.

PHAON, SAPHO, ANACRÉON. *(Sapho rentre par le chemin de la mer, calme, prompte, joyeuse.)*

SAPHO, *à part.*

Oh ! l'instinct de mon cœur et l'appel du zéphyre
Ne m'avaient pas trompée ! Il est ici ! Respire,
Respire, âme souffrante, à qui peut-être encor
Vénus permet l'espoir de ton beau rêve d'or !
(*Haut.*)
Eh quoi ! tous deux ici dans ce coin du bocage,
Mêlant vos voix, pendant que le peuple au rivage
S'empresse à contempler sous la forêt des mâts,
Les hôtes qu'Amphitrite amène à nos climats !
Mais de quoi s'étonner si le long de ces arbres,

Les dieux sortent pour vous de la prison des marbres,
Et si Pan applaudit parmi les myrtes verts,
Ta jeunesse, Phaon; Anacréon, tes vers!

PHAON.

Par Junon, un poëme à notre double gloire!
Merci, Muse.

SAPHO.

Un poëme, eh non! c'est une histoire.
Lesbos tombe, Lesbos se découronne, hélas!
Voyez... Depuis trois jours ma petite Timas
Meurt comme est mort Alcée et morte Damophile,
Et tous ceux que j'aimais, les meilleurs de la ville.
Mais vous, comme à l'automne expire sur la fleur
Un suprême rayon d'éternelle chaleur,
Vous faites oublier toutes ces funérailles,
Et ces cris de douleurs dont tremblaient nos murailles;
Tous les deux rapportant à notre sombre nid
Les murmures lointains du voyage infini,
Songeant, chantant tous deux, pareils à ces images
Que le sculpteur fait vivre autour des sarcophages.

ANACRÉON.

Va! tu dis vrai! la mort nous envahit, Sapho.
Seul, je reste avec toi comme un dernier écho
De l'âge qui s'en va.

SAPHO.

La lumineuse époque!
Simonide, Ibycus, Stésichore, Archiloque,
Toi, l'amant des banquets et des roses, Solon,
Myrtis, Télésilla, Bacchylide, Alcméon,
Corolles où tombait, des mains de Mnémosyne,
Comme un baume onctueux la musique divine;
Encens qui par vingt mains brûlé sur vingt autels,
Vous égayait en haut, convives immortels!

ANACRÉON.

Tu nous surpassais tous!

SAPHO.

Qui, moi votre écolière?
Moi, femme, aux lois du mètre à peine familière?
Moi qui sais seulement, inutile cerveau,
Que le soleil est bon et que l'amour est beau?
Et cependant parfois, maître, te l'avouerai-je?
J'ai l'orgueil de me joindre à l'illustre cortége;

Je rêve qu'à vos noms mon nom pourra s'unir,
Et que l'on parlera de moi dans l'avenir!
Oui, par les nuits d'été, les pâles indolentes
Psalmodieront mes vers de leurs lèvres plus lentes,
Et redemanderont, par mon rhythme impuissant,
Le pas accoutumé du visiteur absent!...
C'est là ma renommée, et c'est là mon envie;
Dans un cœur virginal perpétuer ma vie,
Dans une âme où l'amour aura tout remplacé,
M'inscrire en lettres d'or après le fiancé!
J'avais d'autres desseins, quand l'enfance éphémère
Me parlait d'Hésiode et me parlait d'Homère;
Et je tentais alors les sévères douceurs
D'un chant bon aux soldats et bon aux laboureurs!
Ah! si pour moi la Parque, enfin moins rigoureuse,
Endormait mes soucis dans une amour heureuse,
L'astre jadis cherché luirait, et mon essor
De l'horizon promis s'emparerait encor!
O grandeur! Avec lui, j'irais sous les mélèzes,
Du plaintif Océan tourmenter les falaises,
Et demander aux vents, aux vents jaseurs des flots,
Le secret consolant qui guérit tous les maux!
J'irais... Puis, au milieu de la foule muette,
Femme pour lui, pour tous je renaîtrais poëte;
J'indiquerais son front aux peuples prosternés
Comme le plus royal des fronts prédestinés;
Et l'on m'écouterait, et pour lui tous les phares
Brilleraient; les clairons lui diraient leurs fanfares,
Son triomphe d'abord, et mon repos après!
Et j'irais vers son but toujours : je lui ferais
Avec mon corps, dernière et magnifique aumône,
Un marche-pied vivant pour monter à son trône,
Et je viendrais, groupant les sceptres amassés,
Les mettre à ses genoux et lui dire : Est-ce assez?

(*Sapho a récité les vingt derniers vers d'une voix de plus en plus profonde et en se penchant toujours davantage vers Phaon. A la fin du couplet, elle est presque à genoux. Phaon, très-ému, se détourne, et c'est d'un ton mal assuré qu'il prononce ce qui suit :*

PHAON.

L'idée est glorieuse et vaut qu'on l'accomplisse,

Moins sublime est ma tâche, et plus doux mon caprice;
Adieu! mon Erinna vient de passer là-bas!
(*A part.*)
Oh! j'allais défaillir. (*Il sort.*)

SCENE VII.

SAPHO, ANACRÉON.

SAPHO.

Il ne comprend donc pas
Que j'aime et que je souffre! il m'outrage, il me brise,
Il ne comprend donc pas!

ANACRÉON.

Si! mais il te méprise!
Mais il t'a vue ici tantôt, blessée au cœur,
Dans un hymne insensé lui souffler ta langueur;
Je pleurais, moi! lui, calme auprès de ce désordre,
Comme un triomphateur, voyait tes flancs se tordre,
Et de tes seins gonflés comptait les battements,
Le dédain sur la lèvre... impassible...

SAPHO.

Tu mens!
Haine et mépris de lui pour moi! Tiens, par Hercule,
Ton mensonge est moins lâche encor que ridicule,
Et tu n'as pas compris, en parjurant ta foi,
Que tu parlais de lui, que tu parlais à moi!

ANACRÉON.

Mais je te veux défendre avant qu'à tes mains jointes
L'archer impitoyable ait enfoncé ses pointes!
Mais je te veux sauver de ces étonnements
Qui naissent au contact des grands événements!
Mais, fût-ce malgré toi, noble sœur sans défense,
Je te veux préserver d'une incurable offense!
Mais je te veux ôter au visible néant
Qui se prépare en toi! Mais le gouffre est béant!
Mais, je te le redis, malgré ta chair qui saigne,
Malgré ton morne ennui, ce Phaon te dédaigne!
Son visage te ment; sous ce masque trompeur
Vit un vieillard précoce et qui te ferait peur;
Son haleine, où s'imprègne une éternelle fièvre,
S'il s'approchait de toi, te brûlerait la lèvre;

C'est un marbre muet qu'il faut à son baiser,
Ou Cypris désertant Gnide pour l'épouser :
Il te méconnaîtra, toi, corps divin, grande âme,
Toi type harmonieux, toi réellement femme,
Tant que tu n'auras pas la basse ambition
D'être une Galatée à ce Pygmalion !

SAPHO.

Oh ! la laine à filer, et parmi les servantes,
Etre la plus habile entre les plus savantes !
Oh ! l'essieu lourd du char qu'aux fêtes de l'hymen
Les garçons couronnés brûlaient sur mon chemin !
Le calme du foyer et la lente tortue
Dont ma Vénus pudique escortait sa statue !
O mes loisirs passés, mon repos sérieux,
Tranquille volupté que m'enviaient les dieux !
O mes roses de mai, mes guirlandes fanées,
Vous m'avez fui bien vite, ô mes jeunes années !
Vous m'avez fui bien vite, ô mon jeune sommeil
Dont le songe souvent me trouble, et qui pareil
Au papillon de nuit fourvoyé sur les lampes,
De votre rumeur vague étourdissez mes tempes !
Qui m'eût prédit alors que je la maudirais,
L'heure où l'enfant Amour, l'enfant aux doux secrets,
Du chaos ordonné chassant la nuit profonde,
Sous son premier coup d'aile a fecondé le monde ?
Qui m'eût dit qu'en goûtant le nectar inconnu
J'y boirais le trépas ?... et ce jour est venu !
Mais non, mais non ! te dis-je ! il verra mon teint blême,
Il m'entendra cent fois lui crier que je l'aime,
Que ma vie est à lui, que je vais sous son pié
Jeter de mes grandeurs l'éclat humilié,
Que pour lui j'ai perdu cette fraîcheur vermeille
Qui me faisait si belle, et que pour lui je veille,
Même alors que Morphée opprime les plus forts
Et prend la mère en deuil dont les enfants sont morts !
Il me méconnaîtra ! non, mon hymne plaintive
Envahira son cœur et sa pensée oisive !
Il craindra de se faire assassin ; il craindra
Mon ombre contre lui levée ; il apprendra
Que je n'ai pas pleuré sur le corps de ma fille,
Parce que mon bonheur, parce que ma famille,

Tout est en lui, mon maître, et mon tyran, s'il veut!
Il me méconnaîtra!... tu mens! un homme peut
S'amuser au chagrin d'un orgueil qui le brave :
Mais un maître a toujours besoin de son esclave!
Déjà peut-être il a l'instinct de mes tourments
Et me revient... Tu mens!... je te dis que tu mens!

ANACRÉON.

Crois donc; et cependant, je le répète encore :
Pense à Psyché, Sapho! Sapho, pense à Pandore!

SAPHO.

(*Pendant les deux vers d'Anacréon, Sapho s'est penchée du côté de la mer, comme épiant un pas, une voix, puis elle regarde; ses traits se contractent, et c'est avec une voix vibrante et douloureuse qu'elle prononce le couplet suivant.*)

Non! je pense à moi-même, à toi, grave témoin,
A la nécessité qui menace de loin!
C'est lui! c'est lui qui sort de dessous la feuillée,
Avec cette Erinna, sur son bras appuyée!
Va-t'en! n'écoute pas tout ce qu'ils se diront,
Et qu'au moins je sois seule à savoir mon affront!

(*Anacréon sort. — Sapho se cache derrière l'autel de Vénus. — Entrent par le sentier à gauche, Phaon et Erinna, poursuivant un entretien dès longtemps commencé.*)

SCENE VIII.

PHAON, ERINNA, SAPHO, *cachée.*

ERINNA.

N'est-ce pas, mon Phaon, tu m'aimes? Les ramures
Sont pleines de senteurs et pleines de murmures.
Tout bruit près de nous : le bouvreuil assoupi
S'éveille; le bleuet babille avec l'épi;
L'alouette se perd dans l'azur, et l'abeille
Butine en bourdonnant dans toute sa corbeille!
Mais, ami, ta voix manque au solennel accord;
Si tu m'aimes, je veux l'entendre dire encor.

PHAON.

Oui, chère enfant, je t'aime! Oui, la mère nature
Pour nous deux aujourd'hui dégrafe sa ceinture,
Et nous pressant tous deux dans ses bras embaumés,
Met partout un conseil, partout le même : « Aimez! »
Oui, je t'aime! Ma vie obscure et frissonnante
Par toi redevient calme, et par toi rayonnante;

Et des lourds souvenirs moi toujours tourmenté,
Sous l'arc de tes cils bruns j'ai trouvé mon Léthé.

ERINNA.

Oublier ton passé? Pourquoi? Quand l'aubépine
De ses boutons joyeux au printemps s'illumine,
Tâche-t-elle, dis-moi, d'oublier qu'aux buissons,
La veille encor, l'hiver suspendait ses glaçons?
Ah! plutôt, permets-moi mon désir égoïste,
Phaon, pense souvent à ce qui te fut triste,
Pour qu'en rêvant aux deuils de ton cœur torturé,
Tu m'en aimes mieux, moi, qui t'aurai délivré!

PHAON.

O chère, chère enfant!

(Ils vont s'asseoir à droite.)

ERINNA.

Dis, me trouves-tu belle?
Quand la danse orgiaque éclate, quand Cybèle,
Sur son char rugissant, trône parmi les socs;
Aux jeux, dans les festins, dans les combats de coqs,
Partout, dès que je viens, la foule réjouie
M'annonce la plus douce et la mieux accueillie!
Mais qu'importe, si toi tu n'as pas remarqué
Que ma paupière est noire et mon sourcil arqué?
O Phaon, je voudrais, de ton bonheur jalouse,
Leur apparaître à tous aussi laide qu'Empouse;
Et si le vent disjoint mon corset de tilleul,
Pour eux être une Hécate, et Vénus pour toi seul!

PHAON.

Vénus était moins belle, ô mon enchanteresse,
Quand le berger troyen la nommait sa maîtresse,
Et moins belle au milieu de l'essaim virginal,
Léda la blonde, errant autour du bain royal,
Pendant que sous le saule aux branches chevelues
Le dieu cygne agaçait les filles demi-nues!

ERINNA.

Pourquoi Léda? pourquoi Cypris? Oh! parle-moi
Seulement et toujours de ton amour, de toi!
Te souviens-tu du soir où tu revins? La grève
Était muette; moi, sollicitant un rêve,

Je suivais du regard, le long du flot dormant,
Ton esquif attardé qui venait lentement;
Et je fus la première, oh! l'aimable présage!
A qui la nuit donnna d'adorer ton visage.
(*On entend derrière l'autel un cri étouffé de Sapho.*)

PHAON, *se levant.*

N'as-tu pas entendu vers cet autel!...

ERINNA, *se levant.*

Méchant!
Qui s'occupe aux rumeurs quand je lui dis un chant,
Et préfère au récit des chères aventures
Le pas d'un faune vieux boitant dans les verdures!

PHAON.

Non, c'était un sanglot!
(*A part.*)
C'est trop cruel aussi!
Elle a tout entendu, la malheureuse!

ERINNA.

Ainsi,
Le carmin qui fleurit sur ma lèvre rougie,
Cher, ne te distrait pas un peu de l'élégie;
Et te voilà tout pâle, ô bizarre amoureux,
Pour avoir entendu ce soupir langoureux!
Va! n'en sois pas troublé! C'est la Sapho qui râle
Sur son luth éploré quelque hymne sépulcrale...

PHAON, *à part.*

Et c'est moi qui lui vaux ces mépris insultants!
(*Haut.*)
Pauvre femme!

ERINNA.

En effet, elle aborde aux trente ans;
Et j'aimerais bien mieux, avec mes doigts arides,
Refaire incessamment votre œuvre, ô Danaïdes!
Que de vivre à trente ans, jeune cœur et vieux corps,
En suivant le convoi de tous mes amours morts!
Oui, Phaon, pauvre femme! Elle t'aime, elle est belle,
Pourtant, ta jeune tête à son joug est rebelle,
Et cet amour si grand, si profond et si beau,
C'est l'holocauste offert à mes seize ans...

PHAON, *à part.*

Bourreau,
C'est moi qui la condamne à l'exécrable épreuve !

ERINNA.

(*Pendant cette tirade elle l'entraîne doucement.*)
Mais à quoi bon d'ailleurs causer de cette veuve ?
Qu'elle appelle, à défaut du défunt Cercolas,
Le vieux Priam avec le vieux Tirésias !
Mais nous, nous qui sentons fermenter la jeunesse,
Profitons-en avant que la froideur nous naisse !
Le crépuscule tombe, et l'oiselet s'est tu :
L'atmosphère tiédit... mon Phaon, m'aimes-tu ?
(*Ils sortent au fond par le chemin de la mer.*)

SCÈNE IX.

SAPHO, *seule.* (*Au moment où les deux amants s'enfoncent sous les bois, Sapho apparaît sur les degrés de l'autel, pâle, défaillante. Il se fait un silence, puis elle parle, mais d'un accent désespéré et comme empreinte des fureurs de sa mort prochaine.*)

Toi qui tiens un frein d'or, ô ma mère Aphrodite,
Jadis tu descendais vers ton enfant maudite ;
Jadis de mes douleurs interrogeant l'écho,
Tu me disais tout bas : « Souffres-tu, ma Sapho ? »
Mais ton char ne prend plus cette route oubliée,
Et je mourrai sans toi, ma divine alliée !
Ingrate ! Avais-tu pas ici, chaque matin,
L'encens du sanctuaire et les fleurs du festin,
Sur le pavé bruyant le sang des chèvres blanches,
Et la myrrhe imprégnée aux bouquets de pervenches ?
Pourquoi m'as-tu quittée ? Oh ! quoi que nous fassions,
Tu te plais à tromper toutes nos passions,
Et sous tes doigts jaloux tu lacères la trame
Où ton fils confondait deux âmes dans une âme !
Ce n'était pas assez, maîtresse, que mon cœur
Eût subi les dégoûts d'un hymen sans grandeur,
Partout heurté l'obstacle, et partout le mécompte ;
Et tu me réservais cette dernière honte
Qu'Erinna dirigeât son sarcasme effronté
Contre moi, nom promis à l'immortalité !
Il souriait à tout, lui ! Que font ces guirlandes,
A ton culte perfide inutiles offrandes ?
(*Elle les arrache de son front.*)

Et toi, viens, Apollon, viens et dépouille-moi
De ce manteau sacré que je tenais de toi,
Puisque voici l'instant où ta main me délaisse,
Prophète rayonnant qui me fis prophétesse,
Puisque tu ne m'as pas appris l'enchantement
Par lequel je pouvais enlacer mon amant !

SCENE X.

SAPHO, MYRTIS, IANTHÉ, LES JEUNES LESBIENNES.

(*Les Lesbiennes sortent ensemble du bois par différents côtés. Sapho a jeté loin d'elle sa lyre, les festons qui enguirlandaient son front et aussi le manteau de pourpre qui couvrait ses épaules ; ses cheveux noirs n'ont plus aucun ornement, et sous sa robe blanche elle semble presque une statue ou un cadavre.*)

MYRTIS.

Notre Erinna nous manque, ô mes sœurs, et sans elle
La soirée est moins douce et la forêt moins belle.
J'ai sondé chaque ombrage, et les bosquets foulés
Ne m'ont rien répondu.

IANTHÉ.

Sœur, les bonheurs voilés
Sont meilleurs et plus doux ! Ces discrètes ramures
Savent du tendre amour étouffer les murmures...

SAPHO, *à part.*

Dieux mauvais qui venez, avivant mes douleurs,
De ma paupière usée extraire encor des pleurs,
Je vous maudis !

(*Elle s'avance vers le groupe des Lesbiennes.*)

MYRTIS.

Sapho !

SAPHO.

Salut à vous, mes filles,
O peuple familier des profondes charmilles !
Pourquoi ce soir encor vous égarer ici ?
C'est pour m'y voir mourir et pour mourir aussi.

MYRTIS.

La mort pour toi... pour nous ?

SAPHO.

Vous l'avez dans vos veines.

Elle est dans vos amours plutôt que dans vos haines.
Chacune se repose aux promesses du sort,
Et chacune pourtant est condamnée à mort.
C'est mon heure à présent ! Quand ce sera la vôtre,
Je ne sais. Mais l'essaim rieur, l'une après l'autre,
Par le fatal amour doit être enseveli
Dans le même trépas et dans le même oubli !

MYRTIS.

Pourquoi te dessécher dans ces folles alarmes?
Pourquoi chanter sur toi cet hymne plein de larmes,
Pareille à cet oiseau qui dans les longues nuits
Sans cesse se lamente et cherche son Itys,
Itys que l'oiseleur a ravi sous son aile!

SAPHO.

Trop heureux, trop heureux le sort de Philomèle!
Sa plume la défend des flèches des chasseurs :
Sa vie est sans chagrins, sa tristesse est sans pleurs !
Mais, hélas! dans la nuit moi j'aurai beau descendre,
L'amour inexorable y troublera ma cendre.

(*Elle tombe dans une rêverie sombre.*)

SCENE XI.

SAPHO, MYRTIS, IANTHÉ, LES JEUNES LESBIENNES, ANACRÉON.

(*Anacréon entre par le fond, inquiet et cherchant Sapho; Myrtis l'aperçoit et va vers lui.*)

MYRTIS.

Maître, nous te voulions... Sapho pense à mourir !
Toi seul peux la sauver ; toi seul peux découvrir
Le secret qui la tue... Oh ! sa pâleur effraie...
Vois donc...

ANACRÉON, *à part.*

Elle a raison ! plutôt que cette plaie,
La mort !

(*Haut.*)

O mes enfants ! jeunesse qui riez
Si souvent, cette fois gémissez et priez :
Car peut-être faut-il qu'un destin s'accomplisse !

(*Les jeunes filles font un mouvement de surprise et de tristesse; Anacréon leur recommande le silence par un geste. Elles sortent lentement.*)

SCÈNE XII.

SAPHO, ANACRÉON.

SAPHO.

(*Elle sort de sa rêverie, son œil étincelle, sa voix éclate, la transfiguration de la mort est sur elle.*)

Vous qui pour votre joie espérez mon supplice,
Jalouses déités qui de dons inconstants
M'enrichissiez naguère, accourez, il est temps !
Venez, vous n'aurez pas d'obstacle à votre ouvrage,
L'âme morte, le corps expire avec courage,
Et je ne perdrai pas mon calme solennel
Quand vous vous ouvrirez, ô refuge éternel,
O portes de l'enfer ! Ah ! plutôt l'agonie,
Et ses jaillissements de lumière infinie !
Et je te glorifie, ô mort, qui dis à moi,
A moi, si fatiguée : « Enfant, repose-toi ! »

ANACRÉON.

Mais ceux qui resteront ?

SAPHO.

Oh ! merci, mon poëte !
Merci, cher courtisan de ma dernière fête ;
Merci pour toi qui viens protéger d'un adieu
Sapho frappée au cœur et qui part vers son Dieu !
Je t'avais méconnu, vois-tu ! Lâche égoïste,
C'est pour mon meurtrier seulement que j'existe
Depuis six mois, et toi, toujours levé debout
Pour m'éviter ma part de honte et de dégoût,
Toi qu'un hasard sauveur a poussé vers ma tombe,
Je te devine à peine au moment où j'y tombe !
Tes adieux et je meurs.

ANACRÉON.

Et moi, je resterai,
Sur des débris flottants nocher désespéré !
Ah ! sur mon front blanchi, brises du promontoire,
Passez, et, quelquefois, répétez-moi l'histoire
De mes jours rayonnants, quand, loin de sa Lesbos,
Mon ennui va me suivre aux foyers de Téos !
Mais pourquoi moi ? Qu'importe un vieillard inutile ?
Sapho, tu veux mourir ? que deviendra ta ville ?

Que diront les échos désertés des parvis?
Qui remplira de chants les cœurs inassouvis?
Qui donc aux beaux enfants, joueurs sous le portique,
Va sourire, à l'abri du laurier domestique?
Et ceux que tant de fois ta beauté fit rêver,
Si ta mort les abat, qui va les relever?
Et tous ces dieux sauveurs qui gardent la famille
Et le toit des aïeux?

SAPHO.

Je n'avais que ma fille,
Ma petite Cléis, mon enfant bien aimé,
Pauvre corps, loin du jour à présent renfermé!
Je la vois qui me tend ses petits bras fidèles,
Pâle et le front couvert des pâles asphodèles!
On me regrette! eh bien, ce fantôme chéri,
Lui, ne m'attend-il pas, et n'est-il pas l'abri
Où, dans les voluptés d'une flamme plus pure,
Je vais me reposer de ma longue torture?
O Lesbos, cité reine où mon esprit fut roi,
Que ton enceinte immense est étroite pour moi,
Quand déjà je me vois, dans l'enfer qui rassemble,
Son sein contre mon sein, nous promenant ensemble!

ANACRÉON.

Mais la jeunesse, enfant, le présent radieux,
Le nectar que sur nous verse la main des dieux,
Tu la méprises donc, l'immortelle jeunesse,
Si douce aux immortels et leur plus chère ivresse?
Laisse à Phaon le crime, et si tu dois mourir,
O ma Sapho, ne meurs qu'à force de souffrir.

SAPHO.

Je meurs avant qu'au ciel mon étoile éclipsée
S'éteigne; avant qu'au fond de mon âme blessée
Meure le souvenir de mon âpre douleur,
Et qu'à mes cils moins noirs meure mon dernier pleur!
Non, je n'attendrai pas! Il faudrait sous les roses
Cacher mon front empli d'impuissances moroses,
Pendant que mon désir, ô contraste moqueur!
Dans mon sein ruiné me refluerait au cœur!
Ami, je vais partir comme fait l'hirondelle,
Quand mon été persiste; et, sous un prompt coup d'aile

M'abattre aux lieux promis où dans la vaste paix
Germe le fruit divin qu'ici je pressentais !
L'autel est prêt, il faut que la victime y tombe.

ANACRÉON.

Non, le ciel ne veut pas cette grande hécatombe !
Sapho, je t'ai menti ; Phaon t'adore ! En vain,
Brûlé de mille feux par ton amour divin,
Il veut les étouffer dans une amour grossière !
L'oiseau des monts altiers peut-il fuir la lumière ?
Je le veux à tes pieds ramener suppliant,
Et quand, la joue en pleurs et moitié souriant,
Ma sœur, il te tiendra dans ses bras enfermée,
Brise donc si tu peux cette prison aimée
Pour courir à la mort...

(*Anacréon s'élance pour sortir ; Sapho égarée et comme indécise le retient.*)

SAPHO.

Non !

ANACRÉON, *avec un enjouement forcé.*

Contre son regard
Lutte donc !

(*A part et avec un profond désespoir.*)

Sauvez-la, dieux bons !

(*Il sort précipitamment à la recherche de Phaon.*)

SCENE XIII.

SAPHO, *seule.*

Soleil couchant, orage, éclairs et tonnerre. Après une courte pause, Sapho, comme vaincue, s'écrie :

Il est trop tard !
J'ai senti dans mon cœur toutes tes dents cruelles,
O Douleur ! il est temps enfin, j'ouvre mes ailes !

(*Elle s'élance sur les rochers, folle, éperdue, et gravit la plus haute cime, en jetant autour d'elle des regards inspirés.*)

Toi qui me vis heureuse, ô soleil du couchant,
Toi qui restais aux cieux pour écouter mon chant,
Aussi longtemps encor que ta blonde lumière
De ses rayons mourants baignera ma paupière,
Je te prierai, Soleil ! Fais que mes ennemis,
Payant l'assassinat qu'ensemble ils ont commis,

Souffrent tous deux, privés de leur douce rosée,
L'ineffaçable ennui d'une amour méprisée !
Et toi, mer, qui souvent as mêlé sur tes bords
Le calme de ton flot au cri de mes transports,
Fais-moi sous tes coraux et sous tes madrépores
Un sépulcre mouvant plein de rumeurs sonores,
Océan d'Ionie, harmonieux tombeau !

(*Echevelée et avec égarement.*)

Rien de vos froids baisers ne sauvera Sapho :
Vous m'appelez, ô mer, torrent, vague en délire !
Reste bien sur mon cœur, ma seule amie, ô Lyre,
Le flot doit te briser dans ces bras glorieux !

(*Avec une expression ineffable de folie et d'amour.*)

A toi, Vénus !... à toi, Phaon !... Je t'aime !...

(*Elle se précipite, tenant sa lyre embrassée.*)

SCÈNE XIV.

ANACRÉON, PHAON, ERINNA. (*Au moment où Sapho se précipite, Anacréon, Phaon et derrière eux Erinna, entrent par le chemin qui aboutit à l'autel de Vénus, et s'arrêtent sur l'éminence où est élevé l'autel. Phaon, foudroyé par la catastrophe, s'écrie.*)

PHAON.

O dieux !

(*Phaon cache sa tête dans ses mains. Ici la nuit est tout à fait venue. Erinna, épouvantée par la douleur de Phaon, veut lui prendre la main pour le consoler, mais Phaon la repousse avec horreur ; elle tombe agenouillée.*)

SCENE XV.

ANACRÉON, PHAON, ERINNA, MYRTIS, IANTHÉ, LES JEUNES LESBIENNES.

(*Musique. Entrent Myrtis, Ianthé et les Jeunes Lesbiennes.*)

ANACRÉON, *aux Lesbiennes, attristé, mais grave, et leur montran la mer.*

Mes sœurs, plus d'heureux chants ! Au bruit de cet orage
Chantez l'amour qui tue et sa jalouse rage,
Et que vos cris d'horreur épouvantent Lesbos !

MYRTIS.

O ciel ! Sapho, ma sœur...

ANACRÉON.

Ecoutez dans les ots
Parmi les vents, la voix de sa lyre étouffée...
La muse de Lesbos a péri comme Orphée.

(Le rideau tombe.)

Ce petit volume serait incomplet si je n'y inscrivais pas avec un sentiment de pieuse reconnaissance le nom de ceux qui ont animé mon rêve. L'hospitalité que j'ai reçue à l'Odéon restera, quoi qu'il arrive, le plus cher de mes souvenirs. M. Altaroche a fait peut-être une mauvaise affaire en prêtant à l'inexpérience de mes vingt et un ans cette vaste scène qui, avec le secours de son initiative si intelligente et si loyale, deviendra davantage tous les jours un des asiles de la pensée française. Mais tous les jeunes gens lui sauront gré de l'appui qu'il a prêté à l'un des leurs, et de la grâce qui, chez lui, a toujours rehaussé le bienfait. Les acteurs ont imité le directeur, et c'est tout dire. M. Bouchet a incarné avec majesté et avec charme le type d'Anacréon qu'avait entrevu l'auteur : doux et consolant comme est le sage qui a beaucoup vécu ; mélancolique et grave comme est le voluptueux qui voit fuir les années. M. Martel a été un Phaon très-passionné, très-implacable, très-fatal, quelque chose comme un Stenio classique. Mlle Théric, chargée d'un rôle tout plein de difficultés, les a toutes vaincues avec sa jeunesse éclatante et sa beauté sans pareille. Cette enfant de quinze ans a compris qu'Erinna c'était la Chloé de Longus hasardée au théâtre ; qu'il fallait y mêler la fièvre sensuelle avec la naïveté adolescente ; qu'il fallait y confondre la vierge et la courtisane. Elle a tout compris, et, grand miracle, elle a tout rendu. Mlle Jouassin et Mlle Langlois ont été pour l'auteur de véritables providences ; elles ont accepté des rôles indignes d'elles avec cette abnégation et cette vaillance des artistes sûrs, dans tous les cas, d'eux-mêmes et du public qui les écoute. Leur dévouement leur a porté bonheur : Mlle Jouassin a été suave comme une mélodie de Moschus ou de Méléagre ; Mlle Langlois a été belle comme un rêve de Cléomène. Toutes deux ont été les vraies ressuscitées de Lesbos disparue.

Maintenant, je devrais parler de Mme Laurent ; mais toutes les voix du parterre et toutes les plumes de la presse ont célébré à l'envi ce grand triomphe, et je n'ai qu'à m'associer au chœur universel pour célébrer dignement la merveilleuse tragédienne qui a prêté à Sapho les éclairs convulsifs de son regard, le lyrisme passionné de son accent et l'émotion profonde de tout son être.

M. Ancessy a brodé sur mes vers des motifs empreints d'une sérénité toute ionienne. L'ouverture de *Sapho* sera un nouveau titre d'honneur pour le musicien qui avait déjà trouvé les airs berrichons de *François le Champi* et les pantoums du *Chariot d'enfant.*

En dehors du théâtre, j'ai encore bien des noms à écrire sur ce memento des gratitudes. Paul Meurice a, longtemps avant la représentation, signalé ma pièce au public dans un feuilleton où respirait par tous les côtés, la finesse, l'élégance, l'ardeur d'une inspiration sans limites. Il est venu, avec Auguste Vacquerie, sanctionner par sa présence le début du plus jeune et du plus humble de ses amis. *Sapho* ne m'eût-elle valu que ce témoignage, je serais fier de l'avoir écrite. MM. Charles de Matharel, Leclère, Alfred Dauger, Stephen de la Madeleine, Hippolyte Rolle, Pierre Malitourne, d'autres encore que j'oublie, ont été bons à ma faiblesse et m'ont communiqué leurs forces. M. Louis Huart m'a honoré par son éloge, et m'a contraint à faire mieux; Mme Ségalas a eu, cette fois, la bienveillance du critique, comme elle a, en d'autres rencontres, les splendeurs du poëte. Adolphe Gaiffe et Théodore de Banville m'ont traité comme on traite un frère.

Une fois ces devoirs accomplis, j'avais envie de répondre à quelques allégations, les unes erronées, les autres injustes; mais, franchement, mon drame n'en vaut pas la peine. Sans cela, j'aurais pu démontrer qu'Anacréon n'a pas vécu cinq cents ans après Sapho, et que tout l'intérêt de cette histoire n'est pas dans la racine de l'érygion blanc oubliée ou mentionnée dans mes vers. J'aurais pu fournir la preuve que j'ai étudié mon sujet ailleurs que dans les biographies de cabinet de lecture. Mais, je le répète, à quoi bon? Je n'avais pas d'ailleurs la prétention d'avoir arrangé pour le théâtre une étude antique; je m'imaginais avoir cherché le poëme du désir inassouvi, et avoir décrit le mal dont nous tous nous souffrons au cœur. M. Victor Hugo a cru que j'avais presque réussi; il a souri à mon essai et l'a applaudi avec cette main illustre qui a signé *Notre-Dame* et *les Burgraves*. Il m'a donné ce soir-là une joie suprême; je travaillerai assez pour que sa générosité soit une autre fois presque de la justice. Mais, en vérité, j'aurais grande honte de perdre en de vaines disputes de chronologie ou d'esthétique le temps que je puis dépenser à mériter de précieux suffrages.

PH. B.

FIN.

Paris.—Typographie de Mme Ve Dondey-Dupré, rue Saint-Louis, 46, au Marais.

La Conspiration de Malet. 60
Le Fil de la Vierge. . . 1 »
Brutus, lâche César. . . » 60
Pompes . . . . » 60
Exposition des Produits de la République. . . . » 60
8e No de la Foire aux Idées. 60
Le Feu de paille. . . . . » 60
L'Hôtel de la Tête-Noire. » 60
Eva. . . . . » 60
Les Atomes crochus. . . » 60
Un Oiseau de passage. . » 60
Le Groom. . . . . » 60
Les Caméléons. . . . . . » 60
Les Parents de ma Femme. 60
Pas de fumée sans feu. . » 60
La Sonnette du Diable. . » 60
Le Chevalier Muscadin. » 60
Rome. . . . . 1 »
L'Epouvantail. . . . . . » 60
Piquillo-Alliaga. . . . . 1 »
La Chute de Séjan. . . 2 »
4e No de la Foire aux Idées. 60
Frisette. . . . . » 60
Petit-Pierre. . . . . » 60
Graziella. . . . . » 60
Le Bal du Prisonnier. . » 60
Deux Hommes. . . . . . . 1 »
La Famille Poisson. . . . » 60
Les Belles de Nuit. . . . » 60
Les Deux Sans-Culotte . » 60
La Femme à la broche. . » 60
Croque-poule. . . . . . . » 60
L'Impertinent. . . . . . . » 60
La Jeunesse dorée. . . . 1 »
La Vie de Bohême. . . . 1 »
Une Tempête dans un Verre d'eau. . . . . » 60
Les Marraines de l'an III » 60
L'Année prochaine. . . . » 60
Les quatre Fils Aymon. » 60
La Bossue. . . . . » 60
Les deux Célibats. . . . . » 60
Diviser pour régner. . . . » 60
Les Porcherons. . . . . . . 1 »
Lulli. . . . . » 60
Les Saisons vivantes. . . » 60
Laurence. . . . . » 60
Rosette et Nœud coulant. » 60
Métamorp. de Jeannette. » 60
Mademoiselle de Liron. » 60
Une Tutelle en Carnaval. » 60
J'ai mangé mon ami. . . » 60
Les Bijoux indiscrets. . » 60
Henriette Deschamps. . . » 60
Un Monsieur qu'on n'attendait pas. . . . . . . » 60
Un Coup d'Etat. . . . . » 60
Nisus et Euryale. . . . . » 60
Louise de Vaulcroix. . . » 60
Embrassons-nous, Folleville. . . . . » 60
Colombine. . . . . » 60
Notre-Dame de Paris. . 1 »
Le Courrier de Lyon. . . » 60
L'Odalisque. . . . . » 60
Restauration des Stuarts. 1 »
Une Idée fixe. . . . . . . » 60
Princesse et Charbonnière. 60
Le Sous-Préfet s'amuse. » 60
Songe d'une Nuit d'été. 1 »
La Petite Fadette. . . . . » 60
Traversin et Couverture. » 60
Mariage en trois étapes. » 60
L'Amour mouillé. . . . . » 60
La Maison du Garde. . . » 60
Suffrage Ier. . . . . » 60
Un Garçon de chez Véry. » 60
Le Jeu de l'Amour et de la Cravache. . . . . . » 60
Queue du Chien d'Alcib. » 60
Un vieil Innocent. . . . . » 60
Le Roi de Rome. . . . . . » 60
Le Bourgeois de Paris. . » 60
Roméo et Mariette. . . . » 60
Capitaine... de Quoi. . . » 60
Chodruc-Duclos. . . . . . » 60
Président de la Basoche. » 60
Le Sopha. . . . . » 60
L'Echelle de femmes. . . . » 60
Fantaisies de Milord. . . » 60
Le Bonhomme Jacques. . » 60
Les Roués innocents. . . » 60
Faust et Marguerite. . » 60
Qui se dispute s'adore. . » 60
Héraclite et Démocrite. . » 60
Les Pavés sur le pavé. . » 60
Charles VI, opéra. . . . 1 »
L'Amant Jaloux . . . » 60
Mariage sous la régence » 60
Pied-de-Fer. . . . . 1 »
Marianne. . . . . 1 »
Quand on attend sa belle. » 60
Divorce sous l'Empire.. » 60
La Dot de Mariette. . . » 60
Les deux Aigles. . . . . » 60
La plus belle nuit de la vie » 60
Phénomène. . . . . . . » 60
Andromaque. . . . . . . » 60
Baignoires du Gymnase. » 60
La Douairière de Brionne » 60
Sapho. . . . . » 60
Amoureux sans le savoir. » 60
Un Mr qui suit les femmes » 60
Bajazet. . . . . » 60

PIÈCES DE THÉATRE FORMAT GRAND IN-8.

Le Prophète. . . . . . . 1 »
Charles VI. . . . . 1 »
Le Val d'Andorre. . . . . 1 »
Le premier Chapitre. . . » 60
Le Poisson d'avril. . . . » 60
Une Maîtresse anonyme. » 60
La Recherche de l'Inconnu. 60
Richard Cœur-de-Lion. . » 60
Le Proscrit, opéra. . . . 1 »
Le Serpent sous l'herbe. . » 60
La Carotte d'Or. . . . . » 60
Les Frères Dondaine. . . » 60
Juanita. . . . . » 60
Philippe II. . . . . » 60
L'Etoile du Berger. . . . » 60
Les Libertins de Genève. 1 »
Le Trompette de M. le Prince. . . . . 1 »
Le Jardin d'hiver. . . . . 1 »
Rocambole le bateleur. . 1 »
La Mère de Famille. . . » 60
L'Enfant du Carnaval. 3 »
Don Juan, opéra. . . . . 1 »
Monsieur de Maugaillard. 60
La Femme de mon Mari. » 60
L'Inconsolable. . . . . . » 60

THÉATRE COMPLET DE VICTOR HUGO

UN BEAU VOLUME GRAND IN-8, ORNÉ DU PORTRAIT DE VICTOR HUGO

et de six gravures sur acier d'après les dessins de MM. Raffet, L. Boulanger, J. David, etc.

Prix : 6 francs 50 centimes

Chaque pièce se vend séparément 60 centimes.

Hernani. — Marion de Lorme. — Lucrèce Borgia. — Marie Tudor. — Angelo. Le Roi s'amuse. — Ruy-Blas. — Les Burgraves. — La Esmeralda.

THÉATRE D'ÉMILE AUGIER

Format in-18 anglais | Chaque pièce se vend séparément

GABRIELLE, comédie en cinq actes et en vers. . . . . 2 fr.
L'AVENTURIÈRE, comédie en cinq actes et en vers. . . . . 1 fr. 50
LA CIGUE, comédie en deux actes et en vers. . . . . 1 fr. 50
L'HO[illegible] DE [illegible], [illegible] en trois actes et en vers. . . . . 1 [illegible]
[illegible] 60

Paris. — Imprimerie de madame veuve Dondey-Dupré, rue Saint-Louis, 46, au Marais.

www.ingramcontent.com/pod-product-compliance
Ingram Content Group UK Ltd.
Pitfield, Milton Keynes, MK11 3LW, UK
UKHW022004260726
13994UKWH00004B/1944

9 782329 439839